风轻莲香

雷冠军诗作三百首

雷冠军 著

暨南大学出版社
JINAN UNIVERSITY PRESS

中国·广州

图书在版编目（CIP）数据

风轻莲香：雷冠军诗作三百首/雷冠军著.—广州：暨南大学出版社，2019.4

ISBN 978-7-5668-2592-6

Ⅰ.①风… Ⅱ.①雷… Ⅲ.①诗集—中国—当代 Ⅳ.①I227

中国版本图书馆 CIP 数据核字（2019）第 048528 号

风轻莲香：雷冠军诗作三百首
FENGQING LIANXIANG：LEIGUANJUN SHIZUO SANBAISHOU
著　者：雷冠军

出 版 人：徐义雄
策划编辑：黄志波　杜小陆
责任编辑：黄志波
责任校对：冯月盈
责任印制：汤慧君　周一丹

出版发行：暨南大学出版社（510630）
电　　话：总编室（8620）85221601
　　　　　营销部（8620）85225284　85228291　85228292（邮购）
传　　真：（8620）85221583（办公室）　85223774（营销部）
网　　址：http://www.jnupress.com
排　　版：广州尚文数码科技有限公司
印　　刷：佛山市浩文彩色印刷有限公司
开　　本：787 mm × 1092 mm　1 / 16
印　　张：15.5
字　　数：170 千
版　　次：2019 年 4 月第 1 版
印　　次：2019 年 4 月第 1 次
定　　价：49.80 元

（暨大版图书如有印装质量问题，请与出版社总编室联系调换）

自序

　　游大好河山，赏梅竹松荷，回忆人生幕幕，目睹世人起伏，酝悟成诗。

　　作诗三百首，格律诗一百六十七首，现代诗一百三十三首。格律诗极少破格，力求合乎诗律，按《中华新韵》押韵，也有二十二首七言绝句，按《平水韵》押韵。律诗注重句子间平仄的相对或相黏，注重每句二四字的恒定，适当用到拗救。忌避孤平和三字尾，忌避偶句中的合掌。写新诗，也注重古为今用。格律诗和现代诗合册出版，是寻求异体相容，古今映衬，以拓宽赏析。

　　诗写人生的奋发，也写爱情的悲欢；写农村的朴实少女，也写城市的繁花似锦。内容广泛，情真语切，感怀亦多。

　　"没有比脚更长的路，没有比人更高的山……"常常背诵诗人汪国真的佳句，我喜欢他的诗集。没有料到，我的诗作三百首，居然能够在他的母校——暨南大学——出版。

　　感谢浙江大学雷杰博士，参与创作并帮助修改，尤其感谢侄子雷永刚，乐吾之所乐，助诗集面世。亲情诗情汉江水，潺潺流淌，悠悠久长……

雷冠军

2019 年 3 月

目 录

平水韵七绝

现代诗新作

今韵五绝和五律

羊城地铁 21 号线开通（五绝）

凿钻千般苦
地龙一旦飞
来回车不堵
送客穿山归

天各一方

两城弯月夜
一段往昔情
天欲酬柔媚 ①
足何不系绳 ②

---

① 柔媚，指代温柔可爱的姑娘。
② 系绳，出自月老"红绳系足"。

月朦水长黄鹤楼

夏夜大江边
桥腾龟蛇间 ①
诗情随水漾
楼壮我河山

龙骨藕汤 ②

相邀三密友
湖畔掘新藕
头胖节粗壮
熬汤好下酒

---

① 桥，指武汉长江第一大桥。龟蛇，指武汉龟山、蛇山。"蛇"字变格。
② 押仄声韵。

清空鹰悠然

东方添曙色
柔丽朝阳红
慕望雄鹰转
时停半空中 ①

双抢 ②

秧田炽热光
抢插水如汤
衣湿田夫苦
人间米饭香

---

① "空"字变格。
② 双抢，指抢割早稻后，再次翻耕、平地和灌水，抢插晚稻，时间紧，活路苦。

故园仙桃市

十里桃林地
枝燃一片红
东风沿岸抚
人面映花容

夏夜 ①

银河星细密
蝉树声无力
风欲消炎热
月孤同静寂

---

① 押仄声韵。

向前

劝友敞心扉
忧愁尘露飞
胸中阴影散
奋起马前追

超越 ①

攀升好汉坡
或可闻仙乐
站在长城顶
峰高无燕雀

---

① 押仄声韵。

如比邻

遥望难相遇
真情藏不移
长江头尾住
感觉似邻居

离愁

缺月又圆盘
思君默默然
玉浆消万绪
愁却漫心田

黄鹤知何去

梦里驾孤舟
舟随大水流
流停黄鹤岸
空望蛇山楼

藕断丝连

心心咫尺间
会面胜登天
尴尬两分手
机车难与牵

无天桥

相离万里遥
常涌念君潮
跃跃求一面
抬头天缺桥

银河隔

回回见梦中
梦醒满房空
道曲银河隔
无桥心径通 ①

_____

① "心"字变声。

夜读

荒野雪无垠
孤村夜冷清
知青灯做伴
吟对小窗冰

悼诗友梁君

君成火化仙
荣辱变轻烟
袅袅出囱道
悠悠上九天

入土为安

路弯多坎坷
世态有凉炎
经传无君影
泥香好静眠

知己

喜爱五言诗
唯伤挚友失
红颜虽满目
谁可是相知

全家福

老伴笑成花
儿孙影像佳
熊腰或虎背
豪气满全家

梦黄鹤楼

依稀上故楼
楼似雾中游
何处寻君影
似闻江水流

新年伊始

昨日迁新房
今朝又艳阳
年丰家气派
奋发志昂扬

自学

生平爱自学
苦乐向谁说
瓜涩最终甜
哼诗尽解脱

古赤壁

乱石穿赤壁
山上古风情
庙供三结义
石雕一俊雄 ①

促膝

好友爱谈心
回嚼意更深
雨停虹艳美
别后话尤亲

---

① 俊雄，指周瑜。

渔村夜（五律）

退离工作地
回我渔村家
夜月如圆镜
清辉似软纱
时闻鱼跃水
偶有蛙声呱
无欲身心静
荣归发已花

念荆轲

断雁声凄切

萧萧风不歇

迷蒙流水泣

悲壮易河别

肢解得其所

玉焚留亮节

长长东去水

岁岁念荆轲 ①

_____

① 此句改押"波"韵。

退休

休退满身轻
诗歌顺口哼
靠着摇椅动
住在净室宁
壁立石坚硬
人直影不弓
见财能自律
到老更无争

莲湖老居

屋后能垂钓
湖边老住房
野鸭玩没水
红鲤映朝阳
雨细荷珠滚
风轻莲瓣香
孙儿闲踩藕
湿地近天堂

红颜窗友

昔日邀窗友
她家喝粉汤
红颜亲动手
荤素配得当
口爽汤鲜美
肠腌片薄香
迄今常忆及
丝细可情长

红柔唇

艳丽双唇美
润泽棱角明
开颜牙细密
微笑齿晶莹
神往心痴想
情浓颊更红
何时飞爱吻
羞貌更深情

今韵七绝和七律

羊城小蛮腰①（七绝）

塔身窈窕粤江边②
钢骨细腰杨柳仙③
夜赏小蛮裙变幻
天宫彩影落人间

---

① 此诗为长孙——浙江大学雷杰博士所作。"小蛮腰"即广州塔，头尾相当，腰身玲珑细长。白居易的小姬名叫"小蛮"，其腰柔弱纤细，如同杨柳，故白诗曰：杨柳小蛮腰。小蛮纤柔曲线，美丽如仙，且善舞，故众人昵称广州塔为"小蛮腰"。
② 粤江，广州珠江的别名。
③ "细"字拗，"杨"字救。

高塔旋楼 ①

江边塔矗入云端
内有旋楼好品鲜
眼瞰舌尝人莫醉
恐惊天上往来仙

雪花飞六出

瑞雪飞扬落碎银
铺平原野净无痕
谁惊梅树冰枝绽
我爱人间玉色纯

---

① 此诗为长孙——浙江大学雷杰博士所作。广州塔的上层有旋转餐厅，百味
俱全，供游人尝鲜，并可环视五光十色的羊城。

扁舟任东西

湖天一色空舟横 ①
柳绿荷红小鸟啼
童友解船舱里荡
乐乎其乐玩军棋

酷暑严冬

夏天酷热厌蝉鸣
茅屋严寒面旧棁
冬夏治学学不厌
鸿鹄有志欲飞腾

---

① "横"字变声。

飞鹄远影

长城脚下攀山巅
草色青青小路弯
站上顶峰极目望
飞鹄远影向天边

从头来

欲速难达事可哀
静心定性从头来
凭君能耐千般苦
水到渠成后乐哉

志坚

独坐高楼忆往年
一波三折从何言
人生岂少荆棘路
唯贵志坚总向前

学舌 ①

不爱蛙儿力鼓噪
厌听乌雀老腔调
学舌鹦鹉更窝囊
浅唱盲为实可笑

---

① 押仄声韵。

觅知音 ①

小翠城东练技能
洗吹剪烫手机灵
有金有卡寻知己
不选家财重感情

燕双飞 ②

千里思君不可及
三更入梦梦难长
心迷世上双飞燕
风雨穿梭晚共梁

---

① 此七绝为侄子雷永刚所作。
② 此七绝为侄子雷永刚所作。

疏枝吟

疏枝落叶任西风
恣意狂吹力尽穷
待到明年花似锦
满园春色又葱茏

难解难分

唯愿今人有灵魂 ①
灵魂终可回云天
不成眷属能相见
啼诉尘寰失恋冤

———————————

① "灵"字变格。

生气勃勃

人寰大地尽飞花
鸿雁成行过九霄
瀑布高峰同起舞
大江碧海涌惊涛

浪花绚丽

情路崎岖道不直
弯来拐去苦离奇
浪花美丽留柔影
影宿心中爱不移

勤写诗

无情岁月匆匆去
激昂青春浪渐失
日月如丸跳不停
我回书桌喜学诗

独慕鸿鹄志千里

愚老移山贵奋求
人无向往顺波流
慕君素有鸿鹄志
千里高飞会有酬

英雄礼赞

夜月幽幽读史鉴
英雄凛凛死生间
人杰自古浑身胆
取义抛头碧水寒

苦思

节到中秋月满辉
嫦娥是否梦回归
离君千里遥相忆
夜望圆盘更苦悲

闹元宵

上元之夜人如海
火树银花暖众心
宽敞公园将表演
漫天焰火色缤纷

月夜倾谈

争名逐利假装真
雨打风吹各自奔
唯慕江边剃头佬 ①
月明友至举杯亲

---

① "头"字变格。

又年年

草青叶绿又一年
蝶舞蜂飞朵露颜
想念离人心隐痛
凝神云汉望团圆

夜宿赤壁

山崩地裂如拼杀
似起东风瑜指挥
旅社重读赤壁战
刀光火闪樯灰飞

再宿赤壁

赤壁巍然空对月
细涛如语水潺潺
几闻古庙钟声响
无尽遐思难入眠

忆周郎

飘荡异乡多顾念
攀登赤壁看江天
翩翩儒将今何在 ①
狂虏悲号谈笑间

---

① 儒将，指周瑜。

小草

我观小草遭摧残
野火焚烧坠苦渊
生命顽强迎暖季
又将新绿布江边

折腾

人锄雪压草成泥
几近消亡几残根
不畏折腾迎苦痛
和风唤醒色逢春

微霞

年轻时段志冲天
天不佑人坠大渊
年纪悠忽人耄矣
壮心不已霞斑斓

芙蓉

阳光灿烂映圆荷
曲曲渔歌进耳膜
午后烟蒙莲隐蔽
芙蓉细雨更婀娜

林间路

苍苍郁郁树林间
没有喧嚣人似仙
坐上青石融静谧
穿出小径霞西山

竹迎雪霜

雪飞一夜枝压弯
晨又白霜地冻寒
树木凋零多落叶
翠竹遭袭色依然

咏山底秀竹

山底青竹意盎然
不学峰顶树参天
一身直立求清静
众木何知笋贵安

沔城莲藕粉

藕产沔城龙骨熬
牙龈一抿烂如泥
老人无齿常香口
少小皆宜味美极

叉鱼

屡听人赞莲湖美
更慕渔夫耍铁叉
刺透大鱼出水面
卷曲光闪取回家

蜻蜓

蜻蜓落在荷花上
似与芙蓉互动心
晨有微风身紧扣
意真情切水深深

千姿百态

云绕青松上顶峰 ①
江河不废水长流
山川壮美争妍丽
惜我人生难久留

时去挥手间

回我故园多感叹
莲香藕粉野鱼群
月明星闪踱湖畔
十载光阴又浮云 ②

---

① "峰"字变声。
② "浮"字变格。

一技在手

争名攫利如玩火
遭遇烧身苦煎熬 ①
上爬安邦能者少
转学一技也逍遥

莲子

朵朵荷花片片落
根根莲梗直直枯
椭圆青子甜人口
出自淤泥体不污

---

① "煎"字变格。

新旧两故乡

羊城遍地楼林立
故地湖乡绿满田
曾爱家园四季明 ①
今歌粤地无冬寒

飞雪又岁末

朔风舞雪一年暮
岁月如流除旧符
似兔光阴驹过隙
学而不怠莫悠忽

---

① "四"字拗，"明"字救。

祭三闾大夫

龙舟竞发全民庆
三闾忧国自古尊
粽子酒肉抛水上
鱼群莫扰屈原身

遥相祝福

既然南北远分离
何必缠绵苦不移
能否珍藏过往情
相思相祝更相宜

相视颜羞柔

静夜加班抬起头
伊人对坐显温柔
两心相碰两欢喜
满脸羞颜亮双眸 ①

远离

何须怨我去南方
千里犹能共月光
胡马失群心惘惘
故情难舍水流长

---

① "双"字变格。

何日再逢君

从此离分难再逢
苦别雾眼眼蒙眬
忧思似水何时尽
月老无情不宽容 ①

独秀 ②

风吹浪打我无畏
贫贱不移伊可贵
独特德行诚赞美
有情分袂两心碎

---

① "宽"字变格。
② 押仄声韵。

五彩缤纷处处有

伸手何捞湖里月
举石天破更难能
落花流水朝东去
莫为一葩苦不停

美痕

慎进爱河莫醉迷
与人交往重真心
活得潇洒求轻快
唯愿青春留美痕

日记

阳光灿烂不长留
多少烦忧多少愁
和你相交成故事
有凉有暖记温柔

冰封路

与君相遇志难酬
滴水成冰雪压庐
心想飞奔脚下滑
事难如愿屡生愁

细雨纷纷

难得谋面苦相抑
忘掉旧情何可能
面对分离愁不已
寒风阵阵雨蒙蒙

笑靥

如浓似淡羞红面
似媚非俗众眼惊
长相雅姿今不见
含情笑靥记犹清

传神

两眼传神闪电波
互相意会感怀多
双眸明丽如说话
相印心心一首歌

霜夜

暮云暗淡罩茅庐
寒色苍茫颤心头 ①
人寂夜深天冷色
只身独影酒消愁

---

① "心"字变格。

满眼秋色不胜收

君慕春花花似锦
我惜秋满满收藏
若非挥汗人辛苦
何有丰登遍地黄

迎寒菊绽

秋风凛凛天生寒
细雨纷纷叶醉扬
蟋蟀悲鸣声断续
窗台傲菊绽独黄

独倚

日暮光残独倚靠
面愁胸闷冷清清
何君吹奏忧伤曲
触动心弦人欲崩

梦寻

白日蛇山访古楼
夜腾穹顶梦中游
云空万里寻黄鹤
恍恍飘飘何处求

伊人何方

故地寻芳湖道长
草枯荷烂水冰凉
莲成裸梗风凄冷
忆及伊人欲断肠

积爱

同舟共济互搀扶
积爱添情有后福
蜀道条条催靠近
羊肠段段共沉浮

文学魅力

冷清寂寞默无声
小说诗歌送暖春 ①
醉卧书中天阙住
英雄龙虎近相亲

鸿鹄声

江汉平原不望垠
新黄遍野谷粒沉 ②
鸿鹄声响云端里
惊仰头颅放眼寻

---

① "说"字出格。
② "粒"字变格。

过沙漠

痴迷情爱压弯腰
愁绪缠绵心被掏
挣脱前行沙漠过
或观水道浪滔滔

姿雅曲美人独秀

校花二胡独拉奏 ①
手法娴熟功底厚
台下男儿心已醉
琴声流水面清秀

---

① "胡"字变格，押仄声韵。

荷花女

交往湖深水秀明
感情炎夏江盈盈
青春美好惜其短
荷美无华伊朴诚

受宠

君之受宠获提升
千载难逢众眼惊
事后叶枯机遇变
滥竽充数轰然崩

老人聚会

老人应请聚重阳
其乐融融鬓已霜
微雨初寒风瑟瑟
菊花绽放有清香

情怀非往时

神奇初恋神相遇
卤菜共尝春意浓
美味独绝难再有
今昔情怀不相同 ①

---

① "怀"字变格。

知青乐

菜嫩鱼鲜自产生
独酌慢饮渐腾云
杯杯入口浆醇厚
对酒消乏乐自吟

苦水

互助互帮情日深
蓦然分道失知音
悠悠独自常思念
苦痛折磨苦水吞

郁郁失欢欣

婚姻缺爱暮沉沉
落落难合麻捆身
蛛爬心头丝织网
伊人从此失欢欣

溪水

要学溪水汇长江
若是高山会闪光
历史还人真面目
冰封雪压梅芬芳

旧歌旧情总依依

听唱旧歌心颤动
昔人往景引丝连
我随韵律回当晚
联想翩翩人醉然

山冰 ①

山冰闪亮冬娇娆
融化成流春水浩
进到田间湿大地
流经河渠满欢笑

---

① 押仄声韵。

少女

荷香阵阵芙蓉美
碧水清清小鸭欢
并蒂莲花鱼戏绕
网船少女扭如仙

春鸟

青山似笑赞春天
柳絮随风舞世间
阵阵清香人欲醉
啾啾鸟语枝头欢

怜敬老孺人 ①

羊能跪乳雀回哺
铁壁阴阳不见母
路上常怜求助者
尊如吾老给优抚

礼赞

屹立高山独挺拔
青松不畏酷寒侵
身直何惧谗言毁
心似江河大水奔

① 押仄声韵。

一技千金

爱我根深色不凋
谢伊雪雨陪同情
谁知苦旅能生福
满是儿孙乐技能

聚除夕

烟花燃放绽天上
央视推陈又露新
人寿年丰除夜聚
捋须点颔向儿孙

老人进广

广州无处不飘香
粤地倾城树色苍
更有儿孙别墅乐
老求温暖到南方

端碗鸡汤谢艺人

地广粮多鸡好养
阉割练会献乡亲
一只九斤一家醉 ①
良种肥皇遍水村 ②

---

① "斤"字变格。
② 肥皇，指良种阉鸡。

偷瞟

何能管住两只眼
总爱瞟伊秀丽脸
又怕露馅遭讽刺 ①
溜来瞥去冒风险

志趣

雪封万径面白冰
风袭千山苦构思
老骥伏枥宏志在
手僵脚冷乐学诗

---

① "馅"字破格，押仄声韵。

迎寒开河

寒鸡啼晓声凄婉
伕子晨出身哆嗦 ①
颈蹦冰珠风割耳
背弓担重爬堤坡

师恩重

大抵精英谢师长 ②
启蒙物理启蒙恩
奖章得主回跪礼 ③
谁料一屈重万钧

---

① "哆"字变格。
② "师"字变格。
③ "跪"字变格。

乐此不疲

夜夜琢磨成小诗
寻机暗暗塞给伊 ①
百忙不误独咕叽
乐此着魔不觉疲

清香四溢 ②

年轻热恋异相吸
俨似天成有魅力
头遍名茶刚泡出
汁浓馥郁异香溢

---

① "给"字变格。
② 押仄声韵。

哼戏

随口低哼黄梅戏 ①
伊声不逊严凤英 ②
嫦娥笑我停墙角
侧耳动心偷自听

扫墓

乡亲扫墓清明日
坟地花香跪祖先
冥币多烧心意敬
鞭声震地炮惊天

---

① "梅"字变格。
② "凤"字变格。

秋收

果实累累垂枝上
谷穗沉沉晨见霜
收割地头多笑语
秋阳浪漫稻馨香

读史知鉴

夜深房静油灯闪
窗外圆轮玉不染
勤看史书通世事
以之为鉴重检点 ①

---

① "检"字变格，押仄声韵。

春日送别

故人辞我别沙湾
车辙扬尘草际间
待到明年春暖后
花开时日再回还

情结

梢头弦月似银钩
何故经商万里游
空望家乡人不见
寒天清冷倍增愁

昨夜晚

昨宵寒雨冰冰冷
又起凉风撞北墙
独卧东床难入眠
也因客旅在他乡

箫声（七律）

缕缕丝丝音悦耳
何君静夜送箫声
蓦然变调飘黄叶
慢转柔风抚柳茎
偶似平川蹄奋进
又逢蜀道马难行
人生起落歌幽婉
或亮或沉阴转晴

鱼米乡

弄孙南下楼宽敞
可我偏偏念故乡
想步桃林河岸路
留恋碧水莲荷香
田平地广金一片
花艳鱼腾波闪光
遥忆家园湖色美
白白米饭野鱼汤

梦娘亲

羊城早茶聚儿孙
清夜多思梦母亲
逝前足疾疾似愈[1]
含情话语语清新
提来蒸菜飘香气
又享口福揖大恩
年底分红钱四块
压儿桌上过新春

① “前”字破格。

旧照

旧照一瞥心震动
似余非我不一人
当年昂首高山上
放眼天边看彩云
对镜自怜今变样
昔日神采荡无存
夕阳刻意西坡艳
岁月无情划皱纹

除夜

绿铺南粤除夕美
喜漫全家乐待春
桌上奇珍海味鲜
电台晚会笑言真
儿孙硕博学而广
糖果香甜夜向晨
羊整鹅全辞旧岁
退休老朽也加薪

南迁

告老随儿迁穗地
却如羁鸟恋陈林
难忘故土蒸肉味^①
更恋莲湖菜藕纯
湖水畅游团头鲂^②
蛇山高矗楼绝伦
定居南粤怀乡宴
离我仙桃少故人

---

① "忘"字变格。

② "头"字变格。

花城

姹紫嫣红冬日暖
有人慕我一身轻
老翁进广棉衣卸
冰雪绝无树色青
莽莽云山卧翠龙
潺潺江水泛游情
繁花似锦常年绿
喜看羊城热气腾

人生如诗

屡笑别人恋韵文
我今耄矣也痴迷
东流水涌排排浪
过往人生幕幕奇
苦乐悲欢催进取
荣辱胜败记难遗 ^①
沿途慎看红尘事
独取成诗乐不疲

---

① "辱"字变格。

叹初恋

事久未能成眷属
可怜多少有情人
和君浅水捉鱼戏
与你桑林摘果寻
竹马青梅留画面
羊肠歧道苦呻吟
如诗初恋常相忆
昨夜梦谈鸡唱晨

万象更新

雪融冰化水流声
春夜甜眠啼鸟惊
相映桃花十里艳
泛新翠叶万枝葱
青青小麦掀波浪
飒飒东风似含情
春意盎然天送爽
枯黄脱去气清清

大嫂

皑皑白雪梅飘香
凛凛朔风指冻僵
大嫂蓑衣冒苦寒
饭压砂罐送学堂
连吞带咽馋狼饿
塞哽结舌两紧张
当日变天无雨伞
迄今梦里谢嫂娘①

---

① "嫂"字变格。

黄昏

除夕逼近黄昏美
桥上只身感觉轻
渐渐机车无响动
长长小道已如封
人们此刻归家里
岁暮黄昏印象清
我爱此时别样景
喧嚣闹市少杂音

赤壁情

长江浪卷千堆雪
渡口波掀小火轮
痴意总归流不走
故情依旧念伊人
英雄淘尽风和雨
山水相依暮至晨
不见当夕圆镜月
思君旧影影难寻

惜别

河边伴送风萧瑟
细雨蒙蒙欲断魂
君手船楼频摆摆
客舟掉转慢腾腾
几条白浪掀舷尾
三次长笛震客人
渺渺汉江秋水冷
弯弯河道走孤轮

露眠

白天烈日火炎炎
夜晚禾场宜露眠
暑气散开人渐爽
萤虫闪亮近无言
幽幽月夜如仙境
漾漾清辉静心田 ①
床上哼成诗几句
晨吟鸟唱颂丰年

① "心"字变格。

出血热

秋风扑面碧波寒
出差路经渠道南
忆往锹挖肩膀担
看今水阔走轮船
心藏孤苦老翁影
昔日他超花甲年
自愿自觉进土棚
耐劳耐苦蒸钵饭
荒湖染上出血热
病魔折腾无怨言
土场高音喊默哀
无边伕子尽潜然
万民肃立壮观景
乘轮忆及闪眼前

岳娘驾鹤

愁云惨淡冰千里
风暴悲号雪几尺
岳母辞眠心已碎
冒寒急返体难支
喂食呛哽娘噎逝
挣命弓身体不直
如戏人生长落幕
脱离尘世赴瑶池
哭声凄切哀乐放
亲友长龙跪下肢
忍看冰泥埋骨坛
唯求冷气少侵蚀

平水韵七绝

梦乡

随儿迁穗离桑梓
喜引家孙总苦忙
来粤十年多少梦
七成尽是忆家乡

赏菊

绽放寒菊一片黄
窗前月下散芬芳
秋花也解清高意
偏在枝头滴玉浆

展翅

吟唱寒梅放孟冬
诗心一动情更浓
晴空万里飞鸿雁
我欲乘风上九重

咏冬

晨光冉冉映寒梅
信步登高上露台
霜里冬花更艳丽
几回欲走又徘徊

早晖

清晨雾霭润冬衣
闲步霜天浴早晖
飞雁北来成一字
颐和天气阔心扉

报春

不畏严寒独自绽
孤芳早放报春来
莫嫌素艳无颜色
雅淡清高迎雪开

无题

案台常拂净无尘
风度秋园满院新
最爱晴窗吟对纸
忘吾已是古稀人

聚会

当年一别各东西
往事如烟又重提
今日容颜羞对镜
不分贫富与高低

寻觅

寒雨敲窗入梦迟
倚床起坐读唐诗
美人秋水今何在
寻觅无音多苦思

独含香

西风飒飒夜清凉
月冷星稀兴未央
不是众芳偏爱菊
只为秋肃独含香

恋秋

霜叶红时秋已暮
寒冬转眼即来临
只因烂漫三秋色
令我不为白雪吟

中秋

秋竹潇潇窗外摇
中秋无月憾今宵
玉轮不爱随人愿
隐在何方半山腰

秋色

霞光斜照暖青枫
南国无霜叶未红
时鸟似知秋色好
叽喳声里月升东

新晖

晴空万里泻新晖
起早迎寒上翠微
难有冬晴人快意
忽然已见晚霞飞

思乡

日晚飞禽恋旧林
客居游子起归心
又传墓地添新坟
能不催人泪滴襟

晚吟

叽喳鸟鸣在丫梢
聊把晚情向外抛
闻道露台花正好
杖藜趁月乐登高

初生牛犊

牛犊出世不知难
傍母鼾眠大地宽
待到长成耕垄亩
肩拉口喘渐蹒跚

独酌

窗前独坐叹萧条
帘外霜风带雨飘
白发何堪寒夜冷
自酌慢抿暖今宵

猪年自祝

一元复始换新天
辛苦艰难去犬年
但愿苍天怜我意
猪年奋发福绵延

春游

碧空似水艳阳天
遍地新芽沐暖烟
最爱城郊人迹少
悠游自得似神仙

下午茶

平居里巷日西斜
寡欲鲜求独爱茶
约与邻翁相对饮
呕哑俚语话瓜麻

闻乐声

暮色苍茫百感沉
忽闻楼上奏瑶琴
无聊羁旅谁为伴
一曲弦歌慰我心

现代诗新作

流连

她家河边老房
拆迁一片凄凉
破瓦断砖
可我念念不忘
情何独衷
那是我俩相识的地方

当年写诗书房
木窗南向河床
晚风习习
切磋微妙神爽
暮色浓浓
吟诵两心飞翔

唯有航灯杆依旧
原地指引夜航
曾比邻老房
老房伴它站岗
今孤灯独影
焉知伊已何方
茕茕孑立
感叹人世沧桑
闪望汉水流长

水塘琴声

圆圆的水塘
落进圆圆的月亮
圆圆的月亮
想起你
圆圆的脸庞

像只美丽凤凰
飞离身旁
独坐水塘边
月光如银
遍地冷霜

谁人拉二胡
琴声古朴而苍凉
搅动离分的苦涩
勾起美好的想象
抬头是无言的月亮

生活是条河

曲折孤独
欢乐寥寥
总是天阴云低
愁绪缠绕
但是，生活像气候多变
有时锣鼓喧嚣
阳光普照
河水也涌起欢笑

流着痛苦和欢乐
江河昼夜滔滔
它诉说过去的企及
赞赏今天的美好
记下飞叶愁雨
也记下丽星良宵
可惜留不住
我青春的光耀

张公百忍志凌云

有时遭讽刺
勃然愤怒
不如学张公
百忍传千秋
默默补短板
点点积深厚

百炼自修养
知增德优
埋头争出头
平多少鸿沟
坦途马蹄碎
渠成水畅流

潭水荡漾

念我大新村
门前大潭坑
晴空照碧水
水天一色新

念我小乡村
潭边秧青青
鸭子水中戏
嘎嘎天外音

大树向水崩
学友爬斜茎
飞身下跳
夕照水涌金

水漾秧青人顾笑
西边泛红云
神清目爽心舒畅
童趣显天真
远望当归
念我乡亲

小小医务室

长长湖边村
小小医务室
布鞋女医生
手巧人标致

微笑是阳光
浓浓的暖意
几十次针灸
腰疼被治愈

她面美心善良
急人之所急
她豁达人开朗
给我增勇气
温存姑娘
长留记忆里

篝火

或造谣中伤
或设置陷阱
总有人心术不端
缺德差劲

想迫人折腰
变傻装蠢
想置人死地
名利攫尽

但是，也有人实干超车
不断奋进
风可以把蜡烛吹灭
却把篝火吹得旺盛

诤言

她告诫我
少说为宜
因为祸从口出
更不要轻留笔迹
少些酒后谈
干点实际事

不无道理，少说多做
踏实安逸
但是，良言重于珠玉
我天生坦实
诤言送人光明
谀言是混蜜的毒汁

阴差阳错

第一次听说你
暗自欢喜
开会见到你
似乎早相识

应该承认
一听就心喜
一见就眼亮
能不成知己

曾经怪罪你
后来怪自己
虽然失之交臂
可总是留恋你
留恋你的嫣然
留恋你的歌声
留恋你芳香如莲

走自己的路

不要笑我
为人异样若愚
径走自己的孤单路
忍受苦辛和清寂

人为亦为
似乎很入时
可是，不清楚的事我不干
没考证的话我不齿

努力写诗
铁愿如一
按我的爱好办
让兴趣发力

别人享乐于一时
我忆人生痕迹
道路曲折浪花美
写诗留亮丽

小路

冷霜万叶枯
秋风凄凄
矮堤有小路
两旁树木依
窄路独来往
喜欢它的静寂
静谧好琢磨
琢出诗句颂美丽

月挂头顶上
人走长树林
露滴道窄
叶稀月明
空路独步
孤月伴我行
偶尔得佳句
低声喜自吟

迟来的感觉

从那天起，认清了你
不会嫌我家贫
来日看你灯下缝
贤妻良母，美满家庭

那一天，还突然感到
你美丽匀称
德行更可贵
应该喜欢你

糊涂地分道扬镳
又想回首寻路
但是，经过太多的曲折
产生太多的酸苦
想再回到原来的起点
远远仰慕
远远难及

心想

心想和你同去
再看雄伟的赤壁
心想和你共往
再见莲湖的桂鱼
心想和你走进
那十里高粱地
而且没完没了
互吐心语

岁月使人
告别了黄山的诗境
告别了褒禅山的禅意
告别了太多的情趣
不见了你圆圆的脸蛋
不见了你两颊的艳丽
虽然岁月不居，天不作合
但是，风物留在心底

直行

人言可畏
视听谁正
卑鄙中伤
岂无报应
不管用什么诡计
暴露的是个人品性

虽然忍辱负重
但是，磨难出英雄
虽然名利诱人
然而，莫要出卖灵魂

梅树不畏冰寒侵袭
芬芳长青
勇士不畏毁言阴谋
大胆直行

缠绵

初恋时醉迷
分手时震撼
还会有余震
难舍难断
丝连缠绵

分手又谋面
话短事难办
追断线风筝
可怜失恋者
还幻想联翩

不想离去，更难再见
送客的泪水
再别的辛酸
苦苦一见
苦苦不安

心不安，情可原
相见两汗颜
与其藕断丝连
不如超脱
顺其自然

雨霏霏

菜花遍地香
探望她，骑车如飞
返回时烂泥冷雨
湿土裹轮人难归
天公作色
细雨霏霏

硬着头皮离别
何其伤悲
喧嚣人世
谁不向往光辉
去留自主
何必穷追

喇叭声

月下身心爽
飘来喇叭声
声声流淌
初恋闻神曲
曲美声美美春江

情变自沮丧
孤寂心不畅
满眼飘枯叶
喇叭声悲怆
如泣如诉欲断肠

初恋喇叭声，格外悠扬
失恋喇叭声，如此凄凉
月残影独万事变
曲悲声咽愁满江

画面

和她漫步的堤道
印在脑海里
堤下流水声
淙淙音悦耳
水边喁喁夜温馨
月影朦胧心欢喜

难得如愿以偿
十之八九事
好事多磨
更难的是舍弃
失去的更奇妙
回忆的画面
却如此清晰

单纯

同村好友
回乡相聚
鲜味满桌
酒香扑鼻
可是，我还是留恋过去
少小时的无猜无忌

四人踢毽子
遍征邻里
夜捕黄鼠狼
黄金难买的情趣
迄今更爱
儿时的悠然无羁

为其欲为乐腾云
言其所想好单纯
童年趣事
格外神奇

至爱

生命的花
人生的诗
我留恋的是青春
生命欢腾

但是，岁月已前行
青春虽给了我们活力
给了我们神韵
却无情丢下了我们

挥霍青春
等于自残，应该承认
浪费别人的青春
无异于谋财害命

清纯的农村姑娘

不可能有朝一日
飞黄腾达
我突然发迹
不可能有朝一日
穿金戴银
让你艳丽
可能是命运安排
未和你结为夫妻
更可能是老天使然
八十岁要写诗赞美你

你应该明白
我内疚不已
在我饱尝病痛时
你一如既往
不冷淡，不鄙夷
仍是满心的善意

心境

遥想当年
欲壑难填
目中无人跑顺风
扯满白帆
河心翻船
脱离谦恭谁人怜

今三省吾身
生活从简
少些奢求欲望
多点顺其自然
助人有快乐
一片绿色满心田

荷包蛋

长长秀辫子，惊映眼帘
我一见生情
连忙打听她的信息
她不仅窈窕动人
还温婉聪颖
可是，追求来不及
她不但有了男朋友
而且，男方还是我家亲戚
何能横刀夺爱，慕意藏心里

不过，也有点神奇
走亲戚撞见她
做来一碗荷包蛋
热气腾，香扑鼻
让我爽口甜心里
她晃来晃去
我装若无事
享受眼福
饱看她的美丽

遗痕

既然迁往羊城
就不会被你折腾
相隔几千里
愁绪成浮云
我会得安宁

没有可能
情语耳边不停
秀影心藏欲出
刮不掉留恋的痕
冻不僵思念的心

情感依然如旧
尽管花城月异日新
夜静心不静
遗痕深深

向往光明

我赞赏表里如一
奋发不停
鄙视口是心非
嫉贤妒能

有理还乱的愁绪
诸多痛苦也莫名
因为关心
所以不让你知情

离开这里
堂堂正正做人
独迎酷冬
向往光明

江月

江天夜色无纤尘
昔日共赏皎月轮
扶岩看"赤壁"
倚石听涛声
山水今依旧
航灯仍闪情

山上相恋
江边分离
今物是人非
游旧地百感交集
何能相见
赤壁留下爱的足迹

阳光

你我留下
最大的欢欣
也留下焦灼痛苦
一见钟情
祸害接踵面临

你有闭门的理由
我无辩白的权利
无疑，你认为我错
不白，泪流心里

既然不能走近
就拉开距离
距离和时间改变一切
待水落石立
或瞳瞳初日

换新颜

被狂风吹落
树叶凋残
它只能面对
不能缠绵

但愿化泥护树干
树叶新生美观
待未来，换新颜
低枝如舞
绿叶似染
现一片林荫
像露天剧院

冷艳

初恋难过关
有人为的障碍
更有硝烟
也许是过不去的险滩

相识时倾情言欢
霜打时如坠深渊
说不清的委屈
吁不尽的短叹

为什么我们相恋
生活如此冷艳
冰封雪压
碰上严酷的冬天

翘首望春归
幻想结欢
决心等待
事物不会一成不变

广州图书馆

喜进图书馆
游览古今
和李白谈白鹿
与清照话再婚
书海泛舟
咀华含英
实为晚年快事
如醉沉浸

爱书增知悟理
散我疑云
求书不再难
耳聪目明
充饥也逍遥
圆饼两块水一瓶
当今图书馆
宽敞宜人

真情

坠入困顿
孤寂不畅
人们变幻面孔
像浮云一样
最好的情感安慰
却来自一位普通姑娘

她的心像海洋
永远流淌
她是迷途者的手杖
更像一盏灯
给人光明和力量

比浑金诱人
她像黄铜擦亮
美丽小花散清香
沁人心脾
真情难忘

冰花

看到冰花
纹饰如画
富有诗意
美得朴实无华
联想她
淡妆玉质
天然文雅
总是含情脉脉
很像冰花

冰花纹理美丽
而且润白无瑕
天工巧成
美得自然而然
想到她
花神轻抹
素雅恬静
秀丽清纯
像天生的冰花

希望

希望出诗集
留点人生痕迹
何必多想年迈
只要无悔尽力

人生长河广取材
昼夜构思
既然人生有尽头
兢走何顾忌

有希望才有动力
有动力才会不已
世上成功者
多从希望始

哪怕希望是幻想
成功也许还可能
希望是灯
给人好心情

坚石

有个小心愿
写诗三百余
数量这么大
人已进八十
虽有鸿鹄千里志
恐无鸿鹄高飞力

推敲一个词
抠得人发痴
心愿的琴弦欲断
希望的心灯将熄
心愿比不上太阳
太阳可久占光明

可我心坚如石
决不放弃
精卫衔石填海
可歌可泣
用小鸟的耐心
写出新的诗意

微霞

风卷白日
一天又一天
时间不等人
鼓篷的下水船

暮年不暮气
书画要补习
虽想追求完美
却已老骥伏枥

补上缺憾
练而不倦
莫道桑榆晚
微霞可满天

江滩少妇

江滩长且宽
和江水相依
赤壁山天然神奇
肥美的滩土
金黄的麦粒

丰收是上季
麦浪摩挲拥挤
像姑娘们出游
喳喳欢喜
涨水在下季
农工也不因水荒弃

即使冬季
沃土油菜仍嫩极
少妇煮菜拌糠
创一猪六百斤奇迹
山庙钟声夜清越
农妇灯熄

冰雪

风雪冻僵手脚
却冻不僵炽热的心
冰能封住大地
可人的思维不会停
慢慢充实
迎寒前进
畏寒愁忧
空空无成

压满大地的白雪
却是护苗的尖兵
预兆来年的丰收
竟是冻坏虫卵的坚冰
没有酷热的熏蒸
哪来秋收的丰盛
没有冰冻
就没有随来的春温

丰收

雪压平原
冰封大地
过后的家园
却更富生机

白雪使泥土湿润
冰冻让害虫没命
尾随的春风
绿我平原给自信

燕双飞，麦浪滚滚
节中秋，谷黄遍地
冰雪促生产
冰雪有裨益

劝友人

有人羡慕你
暴风雨后是静日
身居摩天楼
人迁大城市
可是，你总爱牢骚
忧如草，雨中立
心里压着石

人的欲望无止境
望得很伤神
永远难满足
烦恼一阵阵
向前看，知足常乐
吃也香，睡也宁
轻松自如好心情

再等待

等待，不要辩白作势
最好停止争议
更不要喋喋不休
辩个头头有理

等待，贵在精诚所至
既不灰心丧气
也要保持距离
不轻言放弃

等待，很长很久的等待
忍苦耐寂
等得感天动地
等待中孕育变异
等她金石为开
可能等来奇特的胜利

避寒向暖

清好了行装
随儿去南方
看车外故园
还冰雪茫茫

来到新地方
不是进天堂
而是互不相识
少些小拉扯
多点清净阳光

避寒向暖
老人进广
遍地常青树
满城鲜花香
更有儿孙笑满堂

真金烈焰

我厌恶故弄玄虚
吓人时引经据典
有些虚言
早被历史丢远

人贵独立思考
有自己的主见
弄清来龙去脉
了解真实意愿
不做应声虫
敢亮真观点

真理何惧邪说
赤金不怕烈焰
妄诞化乌有
因为太阳圆

莲湖少女

看她的脸上
泛出红光
看她的眼神
带点紧张
她的身上
留有荷花的清香

好像是约会
在昨天晚上
今天羞涩心怯
她答话走腔
谁知真情
只有月亮

不言放弃

不喜欢纷争
向往温馨
向往儿孙
远到了南方
远离了乡音

来到陌生城市
没有了相识
没有了知己
南过长江少故人
又感到孤寂

但是，诗歌伴我度日
我与诗歌相吸
有生活就有诗歌
有诗歌就有乐趣
不言放弃

苦与乐

劳模会上又相遇
领导笑颜真
乐队舞欢迎
酒菜香喷喷
你我座上宾

但是，人呼"臭老九"
声若在耳
读书无用论
秋风阵阵
生活并不一帆风顺

是凄凄冷风
迎来融融春景
是饱尝酸苦
学得知识倍增
人生苦乐说不清

留下的是诗行

假若素不相识
就不会有愁云
假若不阴差阳错
就不会梦寐不宁
但是，没有愁肠和不安
哪来这么多诗情

你圆圆的眼睛
如两盏明灯
柔美的歌声
像一汪池水清清

绰约风姿
我心依依
蹦出诗行
颂我西施

无题有感

不是故作乐观
谈笑风生
而是本性使然
不愿裸露心音

生平厌恶言不由衷
诡计多端
我敬仰司马光之一生
皆可对人言

做个红萝卜
表面色润新鲜
给人美感
皮内的白汁
也使人口香舌甜

思念

很长时间
没有你消息
很长时间
仍然怀念你
尽管山高水重
却断不了心之所思
尽管无人知晓
感觉你的秀影
还是默默相依

忧愁时
愁出了多少诗行
怀念时
念熟了好多歌词
写也好，唱也好
情深不移
凭栏望西方
何人吹羌笛

童趣

童友爬上木梓树
各坐树杈听故事
深夜结伴耍
箭射狗吠偷桃李
童年趣事
乐在融和
乐在无忧无虑

到了成年
交不由衷难如意
得意时如云聚会
失落时冷雨滴滴
过于成熟
多了世故
童年好，留下多少情趣

夕阳颂

贴近八旬
还想写诗集
哪怕是梦想
也要梦想不移

没有被路障阻住
没有被绳索缠系
既有神奇的愿望
又有每日的坚持

生活起伏跌宕
老树不歪曲
绘田园风光
写人生哲理
风采依旧圣台烛
果子沉挂老树枝

眼神

特殊的眼神
似笑似嗔
像夜空中
闪烁的星星

这种眼神里
藏着厚谊深情
深情炙热真诚
着迷醉人

初识

初恋很神奇
眼睛是信使
即使未成功
也留下了闪烁记忆

接近的日子里
心里甜蜜
虽然情况突变
却愿不即不离
苦苦自抑

因为是初识
所以难忘记
留下惋惜
留下美丽

江城口音

餐馆尝鲜汤
闻女操汉腔
声甜美，音耳熟
疑她来我乡
抬头急放眼
是位胖冬瓜
奶吮儿，口聊天
一身脏衣裳

啼笑皆非
东施当娥皇
她回江城
梦碎情难忘
念念于心
玉人未来空自慌
江城口音
送来回忆与苍凉

会有绿荫

你桀骜不驯
像骏马奔腾
满口直言
活得无忧无虑
骄矜的青春

君碰壁
如梦醒
扁舟折了桨
风帆断了绳
一蹶不振

站起来，向前看
年轻不断魂
青春莫沉沦
走出荒漠
岂无绿荫

喂猪

焖野菜，拌糠粉
灾年糠价紧
喂成大猪全家喜
黑毛光亮
肚子圆滚
长嘴依人哼呀哼
躺地篦虱四腿伸

缺糠喂猪难更难
遍寻野菜田间奔
全家汗水生口福
深记灾年肉胜金

平静

人生或上或下
要保持平静
世事难如意
企及要可能
不必自生烦忧
甚至无病呻吟

看碧水如练
赏余霞似锦
夜立青山空
自得其乐万籁静
回房坐摇椅
求静如古洞

吟诵可代歌
身心入诗境
既不盲目高攀
也不轻言狂语
静中思进取
心安人自稳

为人

有探求就有捕获
不要虚而离群
说有理的话
当干活的民
不求无端恩赐
不贪无功虚名
只要少些私心
就会皂白分明

直面歪道邪门
事理越争越明
莫尾随蛀虫
步其后尘
甚至助桀为虐
坑害人群
求真正的荣誉
选正确的航程

悲欢交响乐

人到老年
更爱回忆往事
谁说往事如烟
实际留下的记忆
很难割弃

尤其是青春岁月
最令人炫目
青春的气魄
青春的活力
青春多姿绚丽

回忆痛苦委屈
切莫纠缠不清
回忆甜蜜浪漫
切莫沉迷不移
人生是悲和欢的
交响乐曲

叶绿又一年

落雪又年尽
寒气袭人
开门看天
乱雪纷纷

等你等到
叶绿又一春
不但春寒料峭
而且心冷如冰

尝透孤寂的苦味
受尽等待的折腾
反正等下去
也许是大海石沉
也许等来铁破人惊

虚荣

气盛争名利
出人头地
碰不少麻烦
引不少失意
冷静思索
好胜不安分

出尽风头争虚荣
多少遗恨
今笑值几何
到头天不应
不是为人傻
而是近名利

挫折

自然而然
把挫折写成诗行
我的人生路
惊涛骇浪
蜀道太长

然而，也不乏快乐时光
阳光明媚
鸟语花香
但愁雾常来
何谈舒畅

忧烦和苦难
往往变诗行
诗行是奋发的起点
是苦难的走廊
它反映人的顽强

戒烟

有哪个朋友
比健康重要
也没有一个敌人
比疾病凶狠
健康胜金

壮实的体魄
使人生命沸腾
使激情燃烧
使生活充满乐声
且悦耳动听

美妻劝我戒烟
情动于心
脱口谢之
饭香菜香香满口
话美人美美全身

回忆

难忘的青春
人生之巅
等到理解
兴叹它的短暂瞬间

人到暮年
总爱回头眺望
回想苦难的洗礼
回想青春期的奔放

人生多折
道路艰辛
最留恋的是青春
回忆的美梦，不假似真

何以解愁

初恋的时光短暂
失恋的时日漫长
留不住奇妙的感觉
丢不掉满心的惆怅
风风雨雨
迷迷惘惘

痛何如哉
唯有读书
沐浴书的海洋
情何以堪
唯有写诗
走进诗的天堂

直言

管它冷与暖
真理面前身勇敢
我是流不尽的河
从容向前

假若蜚语中伤
我是金蝉
不断蜕去外衣
声亮换新颜

假若逢蜀道
我是攀登猿
如履平地
穿岭越山又一年

奋笔写生活
遇事送实言
依然故我
学舌鹦鹉使人嫌

爱痕

未和你融为一体
很多道理
隔着风烟迷茫的桥
你反复犹豫
我不敢奢求
时时自抑

待到你确认
可以接受我时
初恋人来了信
她也回心转意
恢复初恋的关系
多少遐想，似愁似喜

我很自卑
感谢你的好意
愿变一颗星星
作晴空好奇的眼睛
永远看到你幸福
永远看到你欢娱

你我共事无丰收
却留下爱的痕迹

独立江桥

东风徐徐
独站江桥
黄鹤无踪影
白云自逍遥

放眼南头
欲飞的翘角
黄鹤楼层层高矗
驾鹤人音信杳无

铁龙穿大江
响声震云霄
火车雄伟势壮观
叹我花发任风飘

前进又一村

冰雪过后是春温
应该确信
来者可追
前有大道好飞奔

撇开愁思
看清月如弓
明日阳光灿烂
前进又一村

异乡客

周日骑车去郊西
异乡寻古迹
一座墙院
小屋烂泥
矮墙黑瓦
似乎有点古风气息

更见院后老树
疙瘩满身
一丛绿叶
留在断头粗茎
鸟雀惊飞
留下凄凉叫声
异乡孤寂
声声惊心

进金婚

我遇天灾折腾
你厚道同情
且坚定不移
就凭这一条
应该爱你深深

相敬如宾进金婚
几十年如一日
不是没有原因
沧桑见人心
烈火辨真金

两相爱，两相知
怜我根深不凋
爱你贫贱不移
风雪过后花渐放
满堂儿孙乐技能

转折的一天

分手年余
她主动来信冰释
请我度周末
简直使人魄动心惊
欣喜万分

喜鹊喳喳，遍野青青
心像阳光灿烂
车像不踩自进
这转折的一天
她离奇难能，且日丽风清
这转折的一天
天公生情，扣紧了红绳
这转折的一天
带来了儿孙一群
且硕博几人

蛙声梦影

塘蛙互追腾
窗外噪不停
醒我春夜梦
难会分离人

魂牵梦相逢
欲语眼蒙眬
蛙声惊梦影
人醒房空空

蛙声噪一片
水边戏不厌
碍我进梦乡
君影何时见

群蛙放开嗓
咽咽大欢唱
梦破君远去
空望残月光

晨练

晓星缀天空
和她晨练跑湖东
太阳半涌出
偌大红彤彤
霞照湖面薄雾霭
迷蒙蒙，初恋更动容
爱情一盏灯
半轮柔阳耀心中

雾中芙蓉

看你发柔顺
双目不转睛
洒脱披肩上
飘拂更动人
贴身素装体匀称
越看越有神

近日说话分三节
有时冷冰冰
搔首爱难进
惶惶如丢魂
蒙蒙迷雾隐芙蓉
看莲难分明

心诚金石开
伊多冷考验
博得芳心许
敞扉共言欢
雾散天青露美莲
花好人悠然

蜜蜂

蜂欲歇梅枝
天天待飞依
寒梅傲不放
不能甜相吸
无情又无影
笑容也不露
蜂儿忡忡苦相思

蜂欲歇梅枝
跃跃想飞依
秋菊已吐艳
梅仍梦睡里
最迟最无媚
独自迎白雪
梅花爱情最美丽

蜂欲歇梅枝
渴望快飞依
傲冰梅怒放
冬眠蜂压抑
梅花飘清香
小虫难展翅
爱情道路更迤逦

更加思念

天寒雪千里
地冻冰三尺
伫立阳台夜静寂
远去的你，无助的你
透骨寒夜住哪里
旧情眷眷，长夜漫漫
好梦难圆苦相思

雪霏霏，风嗖嗖
冬衣是否已晒洗
夜间被褥暖不暖
更加惦念你

寒战战，冷森森
可有劲酒暖身子
饭菜是否热辣辣
更加想念你

冰闪闪，君知之
隆冬过后新春始
痛苦我独忍
愿你来惊喜

水乡女医生

莲湖水深深
稻田秧青青
姑娘秀丽天生成
出生水乡爱水村
眼含情，声银铃
学医归来喜接生
凤毛美，麟角珍
偏远水乡女医生

莲湖水盈盈
稻田穗沉沉
进修学医术
心细眼明手指轻
野鸭增，莲藕新
姑娘医技渐渐精
穿湖乡，走水村
水乡尽欢迎

鱼跃爆笑声
穗黄遍地金
接生忙深秋
天天迎儿第一声
学全科，增苦辛

唯盼疗效来佳音
乐人乐，痛人痛
水乡人人亲

相遇

那次初相遇
爱你双眼皮
似笑又非笑
情含眼神里
明眸闪闪会说话
温情脉脉笑眼眯
相逢似相识

天天送短诗
高兴不高兴
何时你感动
让我更欢欣
相牵相拥人艳美
互倾互慕身亲近
满脸飞红云

奋进

家境清贫
因而中途辍学
泪洒校门

学历平平
因此被人歧视
职称难评

同行冤家
故屡遭讽刺
他激奋自学
废寝忘食

由于十年奋进
因而著书有成
被破格晋升
他成果惊人

从合影开始

设计组，游山岭
合影奇峰顶
青山有灵人更灵
开发软件年轻人

转车赏古景
宫殿留合影
墙龙壁凤古风采
俊男秀女今传神

闺房夜，看合影
阵阵羞意生
几次合影站我后
君身紧随似有情

照片两心撞
情爱冒火星
我若觅知音
考虑身后人

总想看见你

江城一别
梦碎心悲酸
岁月重重去
望眼欲穿
分手想求见
无趣怕生怨
总想看见你
曾经相看两不厌

又来黄鹤楼
望江北跃跃欲见
冷静琢磨
相见两无颜
微雨燕双飞
联想慨万千
总想看见你
近在对江如天边

路灯杆

愿变路灯杆
站你楼下边
看你肤如玉
赏你面似仙

每见擦杆过
飘香不顾盼
心想看见你
奇想变灯杆
夜长不厌烦
脚冻心甘愿

敷片室的知青姑娘

珍藏着欣喜
存放起惆怅
我内心像个秘密储仓
你的换敷室
小小温柔乡
影在心中更深藏

阑尾伤口化脓血
削腐去污给疗伤
纤纤手，匀匀力
时长见真情
面近闻幽香
新肌慢慢合
敷片天天新
隽秀姑娘
绵绵柔肠

相知得相助
宛若浴阳光
分离何须怨上苍
隐情谁知晓
山重水汤汤
注定了天各一方

唯有那济困德操
唯有那羞赧容光
肚皮上，圆痕疤
留下了甜美
也不乏凄怆
一截过往情
两地钩月夜
梦影空房
默默思量

碧水白鸭

爱那碧波坑
面阔水深深
家养两只鸭
白毛亮晶晶
无掺杂，像天鹅
邻里当奇珍
忆我故乡，碧水白鸭
留恋到如今

清晨并排徜徉游
鸭过水无痕
坑边扎猛子
小螺鱼虾直颈吞
食觅饱，头藏翅
两团白绒，浮水任东西
摇摇晚归，嘎嘎依人
笼底草窝蹲

深夜下蛋噪犒赏
大姐起三更
大麦放水钵
撮麦嘎嘎声
腌鸭蛋，降虚火

白鸭献爱心
喝完蛋汤含蛋黄
满口生津不舍吞

周日

教书得相识
周日约我打牙祭
野鸭鲜鱼就地取
姑娘动手很麻利
情满心意真
一手好厨艺
共事有口福
对坐喜相食

充满艳阳光
对打小乒乓
她会用削球
往往柔克刚
我一翻板力超常
旋回擦边我惊慌
黄金难买含情笑
纯白玉兰散芬芳

跪谢

梅枝滴残雪
柳梢偷露春
美籍华裔得奖主
踏青访北京
待上宾，征所求
唯提要见一师尊

市长车陪行
一见师长行跪礼
不忘物理解惑人
双手敬新钞
谢师雪天留饭恩
精英跪，天地惊
蓬荜生辉奇闻新

放牛

弯弯牛角亮青青
脚踩牛头上牛身
绳挽好，腿夹紧
爬坡前伏抓牛毛
下坡拉尾后仰身
水花溅，浅水奔
纵情扬鞭水哗哗
骑牛野味新

放牛场上草丰盛
桩入地，绳放长
围桩吃草啧啧声
移桩两次牛自饱
下棋进树荫
小牛擦，母牛亲
水里牛浮起
露头换气喷水分

晚霞烧红天
回村牛队像神兵
人惬意，牛翘尾
神气十足身披金
信口吹，飞笛音

仙曲飘湖村
知青更陶醉
牛背成诗摇头哼

扛树

树棍芦席装木船
搭棚开渠抓农闲
河水跌，难靠岸
锚抛水中伸跳板
木板窄，木板弹
扛树上跳身抖颤

雪子沙沙风袭面
跳板斑斑走更难
想起亡父，身先士兵
抢险扛树肾垂粘
烈士英名传
联想勇气来

人勇胆大步步慢
器材扛上岸
知青评模他发言
"父亲的树要扛完……"
掌声雷动，会场沸腾
冬修水利不畏难

吟味

诗页揣在身
干起农活轻轻哼
句句记心上
首首寻共鸣
诗歌多情如密友
晨昏苦乐总相亲
低吟赏佳句
割禾不觉暑气蒸

熟背似通神
由读到写上一层
自炊饭菜香
写诗感觉新
用词准确细推敲
诗忌直言觅比兴
边干边琢磨
挑担不知近黄昏

更爱千里玉无垠
冰封万径路断人
脚踏烘钵手搓手
下乡知青写诗吟

黑鱼

小小黑鱼苗成群
游随父母戏不停
时上时下，穿来擦去
作欢打趣乐融融
慕看护儿大黑鱼
齿露体长圆柱形
一左一右，好像舰艇
鼓鼓眼睛护苗儿

岸上拍掌声
鱼潜水底蓦然惊
细密水花，短暂平静
先后浮起又来兴
鱼竿钩穿小青蛙
一下一上逗苗群
纵身咬蛙，一团浪花
黑鱼护儿勇献身

常忆湖水清清
喜看游鱼群群
知青务农学钓
鱼汤爽口舒心

新娘

堂屋铺稻草
土伏挨个地当床
唯有右房住新娘
一大间，花架床
房东新娘美
温存心善良
男方复员分山区
她嫁农家守空房

耳破腰疼痛
地铺知青难起床
新娘做来一碗汤
长粉丝，薄腊肠
缝帽加耳搭
针针情意长
求他代写恳求书
调近夫君早添郎

信邮领导人
她去看亲娘
钥匙交知青
叮嘱睡花床

晚霞

垂垂暮年
爱忆悠悠往事
路漫漫而道远
有辛酸也有甜蜜
叹世间沧桑多变
喜平生起伏奋力

至爱燃烧的青春
生命因激情而欢腾
难忘九曲弯路
一跤一道皱纹
更要感谢书本
给予乐趣无尽

故园故人故事
留下无边记忆
往事回味咀嚼
知交零落难遇
阖家迁居
羊城晚霞艳丽

大江南北

应聘江南
念我故园
仙桃蒸藕粉
故地三蒸香
桃林花灿烂
河道水流长
南过长江少故友
念我鱼米乡

调回故乡
又恋江南好地方
相依好山水
成群肥牛羊
长长绿水河
弯弯蒲纺厂
赤壁招手似留人
我爱南北两故乡

且学鸿鹄游

成了死灰的交往
何苦守旧出神
即使复燃
也不能暖人

且学鸿鹄游
乘车飞千里
大丈夫志在四海
视金如泥

活得像诗歌多情
优秀的诗歌常青
活得像闪烁的星星
星星使人清心
诗歌笑秋风
酒酣放声吟

明天

应该承认
还念着你
镜头清晰
历历在目
记忆没有流失

应该承认
还爱着你
我们的分开
是天阴雨湿
故事离奇

想到你的温暖
柔情似水
想到暴风大雨
只能一时
待风和日暖
明天更美丽

本来面目

既然缺德少才
就不要自称大圣
即使充数一时
时光无情
也会使你真颜闪屏

勤学苦练
贡献才能
多人铭记
岂无好评
何须乔装扮神

只要名不副实
就会暴露无遗
历史无情
还原人的本来面目
见证人的丑恶钻营

去向

没有成功的希望
何必问她的去向
好像有疏忽
实际上
是躲避更多的惆怅

大风后的树干会伸直
大雨后的鲜花
会重新开放
我们神奇的交往
会像汽笛一样
到时鸣响

仙境仙音

周末一身轻
和她憩湖滨
落日似柔球
湖面漾彩金
鲜蹦活跳鱼满舱
黄鳝不停钻隐身
金翅鲤，长几尺
背脊厚实像磨石
目爽心欲醉
观鱼神怡场面新

云月羞脉脉
垂柳摇轻轻
湖岸梦幻夜
常疑是仙境
鸟儿成双对
青山总含情
她放歌，清风生
仙湖仙境仙女音
爱情是音乐
声声润我心

尊太子师

遥想康熙回京
百官城外跪迎
威严目光扫全场
严肃的气氛
首赐"平身"太子师
牵他进轿，并坐同尊
文武簇拥穿京城
车马扬扬，威风凛凛
黎庶传佳话
尊师留美名

糯米粉

北风惊竹隔窗狂
连日雪茫茫
大姐摇我早上学
我在被里晨赖床
冲来一碗糯米粉
上冒热气喷喷香
记犹新，舌舔碗
舔得碗光光

煎水冲粉早起床
朝朝总不忘
勤种糯谷米浸泡
慢炒手磨常苦忙
如今再无手磨粉
常忆童年舔碗美味长
大姐亲，嫁远方
影留我梦乡

上县城

见到她，悦目赏心
辅导她，享受美丽
迷人的色彩
新来的教师
她不耻求教
活力满身人谦虚

约我进城购书
周日早起
村庄在沉睡
夜色似纱幕
如梦如幻
并肩前行
何其幸福

月色清幽
县城无人
游客如云的俱乐部
更显安宁
她躺下休息
树下长凳夜待晨

侧身弯卧

月色如银
夜露湿了她的头发
疲乏欲睡的美人

光明到底

人世沧桑
排不完的忧伤
更无法留住
积日成月的时光
岁月流淌
不忙不慌

幼而壮，老而衰
即使是帝王
又何能久长
要珍惜人生
顶上燃烧，光芒明亮到底
人应该像蜡烛一样

青春

青春的活力
青春的风姿
青春的激情燃烧
青春的生命不息
黄金般的青春
常在记忆里

宝贵的是生命
生命只一次
青春也短暂
一晃成过去
把青春化作诗行
永留美丽

风霜夜

认识你，最大的欢喜
失去你
感慨不已
青春期相遇
风霜夜分离

脸上留个吻
是欣慰，是痛苦
说不清楚
影影绰绰
朝朝暮暮
不是晨露
也不是雾

祝福

刚刚认识你
个人遭不幸
可你一如既往
眼神示心意

刚刚认识你
天天要打针
不厌其烦
你秀丽文静

针液糖汁浓
对坐情日增
不合适的时候认识
有缘似无分
老来写诗祝福
感念不尽

变幻

那段青春生活
常常回忆
回忆你的激情
回忆你的风姿
回忆你的坦率
无所顾忌

但是，好事难如愿
生活变幻无尽
你我自然接近
又自然无能为力
更不敢奢求
有个金秋的丰收结局

慎选

有人用眼睛恋爱
一见钟情
有人靠耳朵感觉
一听步轻盈

但是，爱情使人变瞎
看不见阴云
爱情也使人变聋
听不到负面奇闻

爱情是火
岂可玩火自焚
爱情路弯曲
还有荆棘刺人

爱情像餐厅上菜
不点则不应
点上来就端不回去
选择要谨慎

然而，也不可坐失良缘
因噎废食
其实很寡味
常是一帆风顺的爱情

享受

有人享受热恋
姑娘睡莲初绽
甘露润心田

有人享受宽敞
厅大朋友爽
泳池阔绰大方

但是，享乐结伴烦忧
热恋随来冷酸
长久享乐不存在
几代富有更难见

我却享受诗歌
你飞花愁似雨
我浅吟自欢畅
一唱百花香

寂凉

像一块大石
沉入幽深水潭
本来就凄凉
还压力年年

事不如愿以偿
不是天不赏光
而是盲目攀求
困于虚荣名缰

只要心似海洋
虽然不能雄鸡高唱
但可以乐观向上
不至于心地也苍凉

选郎君

看她选才郎
趾高气扬
筛选很精细
总是不如意
最后成剩女
心里常惶惶

假若是把扇
应该防秋凉
假若是朵花
更应防白霜
莫七选八选
选上个漏油灯盏

傲慢姑娘

红紫芳菲的春天
蝶舞蜂飞你身边
可你无动于衷
对应怠慢

想迎接幸福时
又一个乌啼霜满天
你也带了秋的容颜
机遇再难有
太多的感叹
何处是彼岸

枯寂

满是烦忧似带枷
心中厌恶他
喝的苦涩酒
牛粪插鲜花

事非一日寒
她成难飞鸭
生活像木电杆一样枯寂
又何异井底蛙

秋花

青春无限好
却遇到麻烦
等到轻松自如
你已经变了容颜

大江风平浪静
逝去了惊涛拍岸
喜看江枫似火
秋花也红艳

远嫁

俏丽小姑娘
迷信嫁远方
梦生美好的想象

远处大上海
钱如流水路宽敞
远处小香港
高楼金晃晃

外国男人好
高大健壮
家家储美元
嫁了洋人无惆怅

亲历实地
满身创伤
想钱财，上当受骗
追虚幻，东西飘荡

忽然想到

爱情近似纠纷
丝乱理不清
心有千个头
口也难发声
脱身不易
纠结昏昏

即使人坚强
也难立即停
爱情给人欢愉
也使人揪心
天生的尘缘
难解的纠纷

乐在其中

年老仍自负
年老爱悠游
一游一扬
似乎过头

悠游避烦忧
出头易得咎
转而闻书香
抚须老诗翁

开卷有益
终生信奉
走自己的路
读诗写春秋
欣欣然
乐在其中

迎接灿烂

春风得意时短暂
酷寒冬长受熬煎
满嘴生苦涩
度日如度年

但是，月有圆缺
人有悲欢
明天的阳光会灿烂
明天的歌声颂平安

分道

交往只能停止
我选择静寂
皓月有情怜孤影
云丝无意再相依
难忘失恋的苦涩
担心难走的雪地

萍逢，情动于衷
分开，可不是演戏
柔肠寸断
像落进冰窖悲戚
更大的痛苦
是她仍在记忆里

再别

外地笔耕耘
有幸调回故乡
子女就业难
又应聘异地
要去更远的地方

上苍怜再别
云飞天无光
大树远含情
小桥默无言
心逐浑水过长江

隔江夜望家南方
只有明月不两乡
新月有故情
山地路羊肠
月下独彷徨

人生路

走过的人生路
记忆深深
滴过汗水
备尝艰辛

回想美丽青春
激情露，劲满身
热情像火把
黑夜的照明灯

回想崎岖路
太多低坑
太多凶险
像经历漫长的战争

求实

实实在在做人
不要人趋亦趋
更不要弄虚作假
要像纯粹的宝玉
——无瑕美丽

歪镜照不出真容
百盏画灯不及一盏真灯
虚假丑易露
别看缺口小
可以沉巨轮

孤灯下

望天际，念知音
交友旧胜新
诗友今远去
离思悠悠何日尽

月有光，我有情
人生苦别离
忆君诗句晃君影
夜半愁闻寒鸡鸣

君无语，月无声
写诗何人评
炼字押韵苦思量
孤灯独坐倍思君

故友

思故友，添别愁
愁似汉水流
流到长江交汇口
何处是尽头

乘扁舟，顺江流
流到黄鹤楼
神鸟知何去
无心再久留

思故友，积别愁
愁浪滚滚流
惊涛震天吼
恍若唤故友

荆卿

直面不复返
图穷对操戈
秦王袖断急绕柱
荆轲腿伤显刚烈

孤胆扬飞刀
天惊叹英杰
不计祸福骂民贼
舍生取义溅热血

昔日别燕丹
誓死反暴虐
芸芸众生恨邪恶
汩汩易水长悲咽

莲香勃郁

莲湖水清清
对湖小渔村
远看如弹丸
满湖烟波细水分

故园莲湖乡
留下多少诗行
微风吹衣
小舟采莲

莲湖鱼肥美
莲湖藕丝长
遥想我故园
莲香勃郁人轩昂

变化

同校共事
相知相悉
我未婚她未许
相恋应是水顺舟疾

但是，如隔一条河
无桥无形迹
有人笑她拿工资
钟情民师不相宜

任凭雨如注
总有变化时
长长河上会有桥
天上斗转星移

深思

不能爱时却深爱
而且忘乎所以
痴狂张目
遭人讽刺

狂热时激情如火
磨难时饱咽苦汁
因为曲折
所以深思
由深思到稳重
终获胜利

学跳拉丁舞

同船百年修
共舞千载缘
你像小白鸽
雀跃经年
更像红玫瑰
诱人的情缘

青春一朵花
偶遇的好舞伴
同期好学友
共舞人如仙
既然天公恩赐
那么，精诚心坚

培植快乐
是因为青春短暂
多些坦率
愉悦每一天
难能可贵
共同学舞舞翩跹

舒缓

心头像蜘蛛慢爬
似在结网
郁闷无奈
随手推窗
看天空阴霾
污染无光

身心不爽
总爱回忆往常
回忆过往的雄风
回忆诗句的激昂
回忆能让酸涩的心
慢慢舒缓敞亮

长智

上当受骗
苦满心田
心上滴血
自悔自怨何人怜

然而，受骗是奋发的跳板
是黎明前的黑暗
不受骗，不足以长智
不长智，后事难如愿

来之不易

支农插秧活路苦
留下了记忆
秧水如汤
烈日似炙
上烤下蒸
腰弯背不直
右手插秧
像饿鸡啄米粒

白天水中煎熬
晚来人疲难眠
蚊虫肆虐
日夜不得息
始知珍惜大米
它来之不易

秀影

瞻望勿可及
忘她不可能
过往事，悠悠情
思念总未停
有她实无她
无她似有她
心藏她秀影
月有相伴云

相知何相分
是否缺缘分
月儿圆，月又损
离愁向谁倾
无人似有人
有人实无人
心中藏秀影
形影相随紧

家访

和她同家访
平野一片青
伊如娇羞花
色美芳香新
我像沟溪水
潺潺细语声
月看回走人
相牵步小径
再窥返校人
相靠慢腾腾